AF240250

L'ARC-EN-CIEL,

L'ARC-EN-CIEL,

SCÈNES ALLÉGORIQUES

A L'OCCASION DE LA NAISSANCE

DU DUC DE BORDEAUX;

PAR M. DE BEAUNOIR.

A PARIS,

Chez DOMÈRE, Libraire, quai Saint-Michel, maison
des Cinq-Arcades.

1820.

PERSONNAGES.

IRIS, messagère des dieux.

PHILEMON.

GALLIE, fille de Philemon.

LA DISCORDE.

DÉMONS.

VENTS.

GRACES, AMOURS, PLAISIRS,

La scène se passe dans les jardins de Philemon.

L'ARC-EN-CIEL,

SCENES ALLÉGORIQUES

SCÈNE PREMIÈRE.

(Le théâtre représente le parterre d'un jardin orné des plus brillantes fleurs ; au milieu est un vase d'airain posé sur un socle de marbre blanc, dans lequel est une touffe de lis.

Sur un des côtés est la colonnade d'un palais.)

PHILEMON, GALLIE.

PHILEMON remettant une bêche à GALLIE.

Ma fille, tu le veux, et le temps me l'ordonne ;
L'âge me dit qu'il faut renoncer au plaisir
De soigner ce jardin qui charme mon loisir ;
    C'est à toi que je l'abandonne.

DUO.

PHILEMON.

Du soin de cultiver ces fleurs
Sur toi mon amour se repose.

GALLIE.

Soir et matin je les arrose,
Et de l'astre du jour je calme les ardeurs.

ENSEMBLE.

PHILEMON.	GALLIE.
Du soin de cultiver ces fleurs	Du soin de cultiver ces fleurs
Sur toi mon amour se repose..	Que sur moi votre amour se repose !

PHILEMON.

Dans ces lieux enchantés, par ces fleurs embellis,
Par-dessus tout, à ta prudence,
Je recommande ce beau lis.

GALLIE.

Et pourquoi cette préférence ?

PHILEMON.

Des soins de l'hospitalité
Jadis dans ces jardins les dieux se contentèrent;
Et, pour me prouver leur bonté,
A ce beau lis ils attachèrent
Mes jours et ma félicité.

GALLIE.

Superbe et précieuse fleur,
Ah ! combien tu vas m'être chère :

De ce parterre sois l'honneur ,
Crois pour le bonheur de mon père !

PHILEMON,

D'un doux sommeil mes yeux appellent les pavots,
Et je vais un instant me livrer au repos.

(Philemon rentre dans le palais.)

SCÈNE II.

GALLIE.

Oui, tous tes vœux seront remplis :
Oui, désormais le soin de ce beau lis
   M'occupera toute entière,
   Et déjà mon cœur préfère
  Le pur éclat de sa blancheur,
  Le doux parfum de son odeur,
A la rose brillante et passagère.

AIR.

Des ouragans je braverai les coups :
   Ah ! que la peine est légère,
   Et que les efforts sont doux,
  Quand on travaille pour un père !

Mais déjà l'horizon se charge de nuages,
Déjà les vents, précurseurs des orages,
  Vonts-ils l'attaquer aujourd'hui ?
Allons contre eux lui chercher un appui.

(Gallie rentre dans le palais.)

(Commencement d'orage.)

SCÈNE III.

LA DISCORDE , DÉMONS.

(La terre s'ouvre, et vomit la Discorde entourée de démons.)

LA DISCORDE.

De Palémon le calme heureux
Depuis assez long-temps et m'irrite et m'enflamme.
Pour troubler la paix de son ame ,
Portons le désordre en ces lieux !
De la zone hyperborée
Tyrans glacés, accourez tous:
Venez, enfans de Borée ,
Seconder ma fureur et servir mon courroux!

SCÈNE IV.

LA DISCORDE, DÉMONS, VENTS.

(Les Vents accourent et se mêlent aux démons.)

LA DISCORDE.

AIR.

Vents qui, dans vos courses forcées,
Troublez l'ordre de l'univers,
Sous vos haleines glacées
Redoublez les feux des enfers.
Ravagez ces jardins par ces fleurs embellis;
Qu'ici tout se métarmorphose;
Substituez la ronce au lis,
Et les noirs soucis à la rose.

CHŒUR DES VENTS.

Ravageons ces jardins, par ces fleurs embellis;
Qu'ici tout se métamorphose;
Substituez la ronce au lis,
Et les noirs soucis à la rose.

(Les démons et les Vents dévastent le jardin et flétrissent
toutes les fleurs.

Réunis et conduits par la Discorde, ils attaquent et s'efforcent de renverser le vase qui contient les lis ; mais leurs efforts sont vains ; il reste inébranlable sur son socle : et dans leur fureur ils en brisent les lis, et cherchent à les arracher.)

CHŒUR DES DEMONS ET DES VENTS.

Contre ce vase inaltérable,
Tous nos efforts sont amollis ;
Mais si le socle en est inébranlable,
Nous en arracherons les lis.

SCENE V.

LA DISCORDE, GALLIE, VENTS ET DÉMONS.

(Gallie sort éperdue du palais ; elle se précipite au milieu des démons, et vient embrasser le vase qu'ils s'efforcent en vain de renverser.)

GALLIE.

Quel spectacle s'offre à mes yeux!
Quel orage!
Quel ravage!
Ce lis est un présent des dieux :
Du bonheur de mon père, hélas! il est le gage.

AIR.

Ah! je défendrai cette fleur ;
Avant qu'elle me soit ravie,
Monstres , arrachez-moi la vie.

LA DISCORDE.

Elle est l'objet de ma fureur.

GALLIE.

Eh! quoi, des méchans, mes malheurs,
Ma patience et mon courage,
Ne pourront-ils calmer la rage,
Ne pourront-ils fléchir les cœurs ?

LA DISCORDE.

Retire-toi: crains ma fureur.

(GALLIE se jetant à genoux et étendant les bras vers le ciel.)

Dieux immortels, je vous implore :
Accordez-moi votre secours !
Dieux immortels, prenez mes jours,
Et sauvez ceux d'un père que j'adore!

(Une douce harmonie se fait entendre : l'horizon s'éclair-
cit, les nuages se séparent, et laissent voir Iris qui descend
des cieux sur l'arc-en-ciel.)

SCÈNE VI.

ACTEURS PRÉCÉDENS.

(IRIS armée de la foudre.)

IRIS.

Rassure-toi, jeune princesse,
Les dieux ne t'abandonnent pas :
A ton sort Junon s'intéresse,
Et va fixer le bonheur sur tes pas.

(Lançant la foudre sur la Discorde et les démons.)

Démons, rentrez dans les enfers,
Replongez-vous dans les abymes :
Vents déchaînés, ne servez plus leurs crimes,
Et ne troublez plus l'univers.

(La Discorde et les démons rentrent dans les enfers ; les
Vents se retirent, et font place aux Grâces, aux Amours et
aux Jeux.)

SCÈNE VII ET DERNIÈRE.

IRIS, GALLIE, GRACES, AMOURS ET PLAISIRS.

IRIS.

Relevez-vous, filles de Flore,
Brillez toujours dans ce séjour :
Grâces, Plaisirs, à votre tour,
Dans ces jardins régnez encore!

(Toutes les fleurs se redressent et brillent d'un nouvel
éclat ; les Plaisirs, les Amours et les Grâces remplacent les
démons et les Vents.)

IRIS, à Gallie.

Vois sous mes pieds cet arc qui dissipe l'orage.
Des élémens rassemblant les vapeurs,
Du feu, de l'eau, de l'air, étonnant assemblage,
En les réunissant, il confond tes couleurs :
Et d'un Dieu qui pardonne éloignant le tonnerre,
Il scelle l'union du ciel et de la terre.

(Un faible rejeton s'élance de la touffe
des lis mutilés.)

Vois ce rejeton précieux:
Un jour il doit former une tige superbe ;

Le lis n'est plus courbé sur l'herbe,
Il est LE NOUVEAU DON DES DIEUX.
    Sous son ombre tutélaire
    Le bonheur reposera:
    Chargé de fleurs, il sera
L'amour des dieux et l'orgueil de la terre.

GALLIE.

Le ciel comble mon espérance:
En dépit des enfers et des vents furieux,
    Ce lis reprend son existence,
Et fait encor l'honneur de ces beaux lieux.

CHŒUR GÉNÉRAL

DES GRACES, DES AMOURS ET DES PLAISIRS.

Précieux rejeton d'une tige sacrée,
    Sois l'ornement de ce séjour :
Puisse le ciel égaler ta durée
    A celle de notre amour !

FIN.

DE L'IMPRIMERIE DE DOUBLET.